FRANK · BONIFAY

ZOO 1

DANS LA MÊME COLLECTION

BERTHET
Halona

BERTHET - TOME
Sur la route de Selma

BINSFELD - PLANQUE
Jimena

CONRAD
Le piège malais (tomes 1 et 2)

COSEY
Le voyage en Italie (tomes 1 et 2)
Orchidea
Saigon-Hanoi

DETHOREY - LE TENDRE
L'oiseau noir

FRANK - BONIFAY
Zoo (tome 1)

GRIFFO - DUFAUX
Monsieur Noir (tome 1)

GRIFFO - VAN HAMME
S.O.S. Bonheur (tomes 1, 2 et 3)

HAUSMAN - DUBOIS
La forteresse de pierre
Le crépuscule des elfes

HAUSMAN - YANN
Les trois cheveux blancs

HERMANN
Missié Vandisandi

LAX
Sarane

LAX - GIROUD
Les oubliés d'Annam (tomes 1 et 2)
La fille aux ibis

MARVANO
Les sept nains

MARVANO - HALDEMAN
La guerre éternelle (tomes 1, 2 et 3)

SERVAIS
Lova (tomes 1 et 2)

STASSEN - LAPIÈRE
Le bar du vieux Français (tomes 1 et 2)

WILL - DESBERG
Le jardin des désirs
La 27e lettre

DES MÊMES AUTEURS

FRANK

**Aux Editions Dupuis,
dans la série *Broussaille*,
scénario de Bom :**
Les baleines publiques
Les sculpteurs de lumière
La nuit du chat

Aux Editions Delcourt :
Entre chats

PHILIPPE BONIFAY

**Aux Editions Glénat,
dans la série *Le chariot de Thespis*,
dessin de Rossi :**
Le chariot de Thespis
L'Indien noir
Kathleen
La petite sirène

**Aux Editions Glénat,
dans la série *Le passage de la saison morte*,
dessin de Terpant :**
L'ile du temps
La sorcière

**Aux Editions Glénat,
dessin de Fontaine :**
Les ados de béton

**Aux Editions Dargaud,
dans la série *Messara*,
dessin de Terpant :**
L'Egyptienne
Minos

Maquette de la collection : Yves Amateis.

Dépôt légal : octobre 1994 — D.1994/0089/115
ISBN 2-8001-2132-7 — ISSN 0774-5702
© 1994 by Frank, Bonifay and Editions Dupuis.
Tous droits réservés.
Imprimé en Belgique par Proost/Fleurus.

« PETIT PÈRE, PETIT PÈRE », S'ÉCRIE IVAN.

LA NUIT EST NOIRE COMME UNE VIE SANS ESPOIR, COMME L'OMBRE D'UNE MONTAGNE SUR UN DÉSERT DE NEIGE.

L'ENFANT PLEURE LE RÉCONFORT. IVANOVITCH A PEUR. SON CAUCHEMAR LE FAIT TREMBLER, LES YEUX GRANDS OUVERTS SUR LE VIDE DE SA CHAMBRE.

SON GRAND-PÈRE ARRIVE ET S'ASSOIT AU PIED DE SON LIT. " EH BIEN, COUREUR DE STEPPES ? EH BIEN, PETIT CHASSEUR D'OURS BLANCS ? TES RÊVES T'ONT RÉVEILLÉ ! " LUI DIT LE VIEIL HOMME AVEC CE SOURIRE QUE SEULS LES GRANDS-PÈRES DÉBORDANT D'AMOUR SAVENT DONNER.

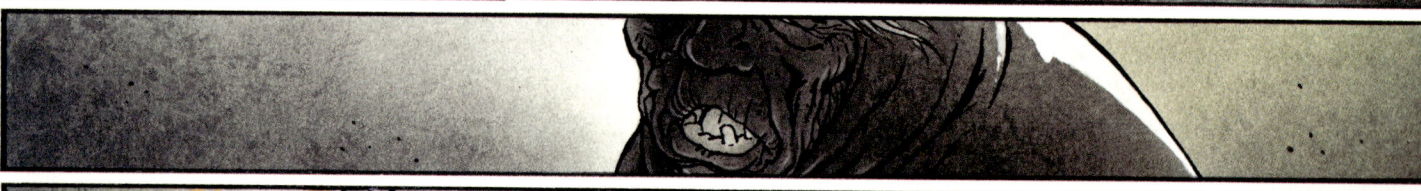

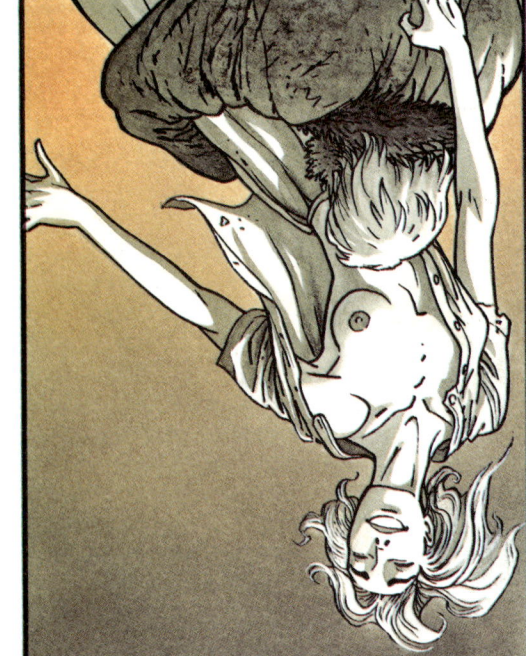

« LES CHIENS, PETIT PÈRE... »

« ILS ONT DÉVORÉ LE MUSEAU DE LA LOUVE. »

« ELLE ÉTAIT MORTE, MAIS ELLE ÉTAIT EN VIE QUAND MÊME ! »

IVAN PLEURE TOUJOURS UN PEU. C'EST UN PETIT GARÇON, POUR ENCORE QUELQUES LONGUES ANNÉES.

LES BRAS QUI L'ENTOURENT LE CALMENT. LA VOIX, DOUCE ET CHAUDE COMME LA FOURRURE DE L'OURS, LE SORT DE SON CAUCHEMAR.

LE CORPS MAIGRE QUI LUI SERT DE REFUGE, CHAUD COMME LE FEU DE LA CHEMINÉE, ET QUI TANT DE FOIS A REMPLACÉ LE SEIN MATERNEL MANQUANT, LE BERCE DE SA RESPIRATION.

LE PETIT PÈRE DONNE LES CLEFS DE LA VIE, À IVAN QUI, AUSSI LENTEMENT QUE L'ENFANT DEVIENT UN HOMME, SE RENDORT...

" LE NEZ... LE MUSEAU, MON TOUT PETIT GRAND MORCEAU DE MOI...

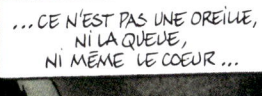

...CE N'EST PAS UNE OREILLE, NI LA QUEUE, NI MÊME LE COEUR...

...LES CHIENS FOUS, CES DOMESTIQUES QUI ONT EU PEUR DE LEUR VIE...

...ONT VOLÉ L'ÂME DE LA LOUVE...

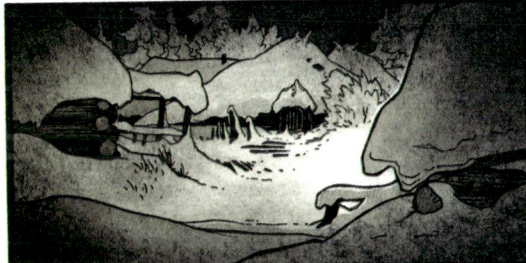

...SANS SON ÂME, ELLE NE PEUT PLUS VIVRE...

...ELLE NE PEUT PAS MOURIR NON PLUS. "

— BONJOUR, DOCTEUR... COMMENT VA?
— TRÈS BIEN, FÉLICIEN. MERCI.

DANS LE QUART D'HEURE, TOUT LE VILLAGE PRÉTENDRA QU'ON DONNE ASILE À DES TZIGANES. J'IMAGINE DÉJÀ MES PROCHAINES CONSULTATIONS... FAUSSES GRIPPES ET VRAIES QUESTIONS !

ALORS, MÉCRÉANT ? TU EMMÈNES DES VISITEURS DANS TON CIRQUE ?

ZOO ! PAS CIRQUE ! TU CONFONDS AVEC TON ÉGLISE !

ADIEU, BERGER... VIENS DONC BOIRE UN VERRE DE VIN UN DE CES JOURS.

CELUI DE LA MESSE ME SUFFIT...

MAIS JE VIENDRAI VOIR OÙ EN EST MA COMMANDE. TU N'AS PAS OUBLIÉ MON CHRIST, BUGGY ?

C'EST DES RESTES POUR VOS ANIMAUX ! J'POURRAI VENIR LES VOIR ENCORE ?

SÛR, PAUL ! ILS T'AIMENT BIEN, TOI. ILS ME L'ONT DIT !

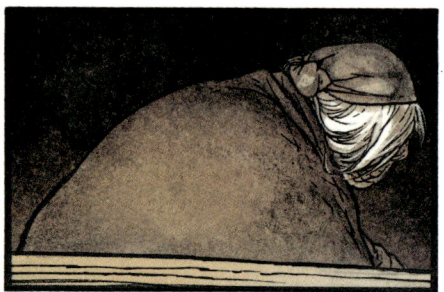
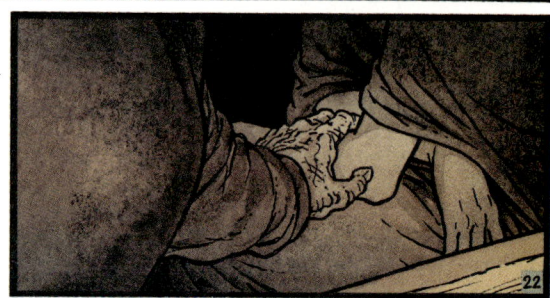

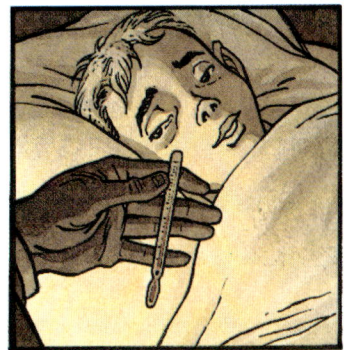

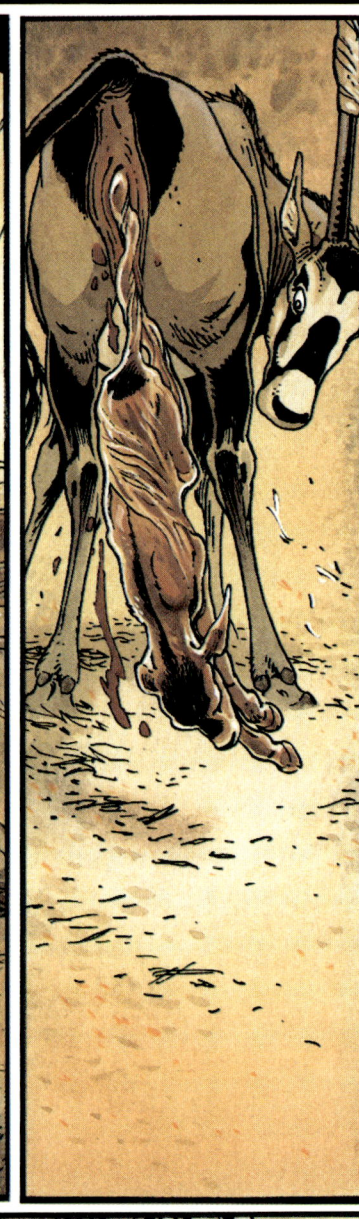

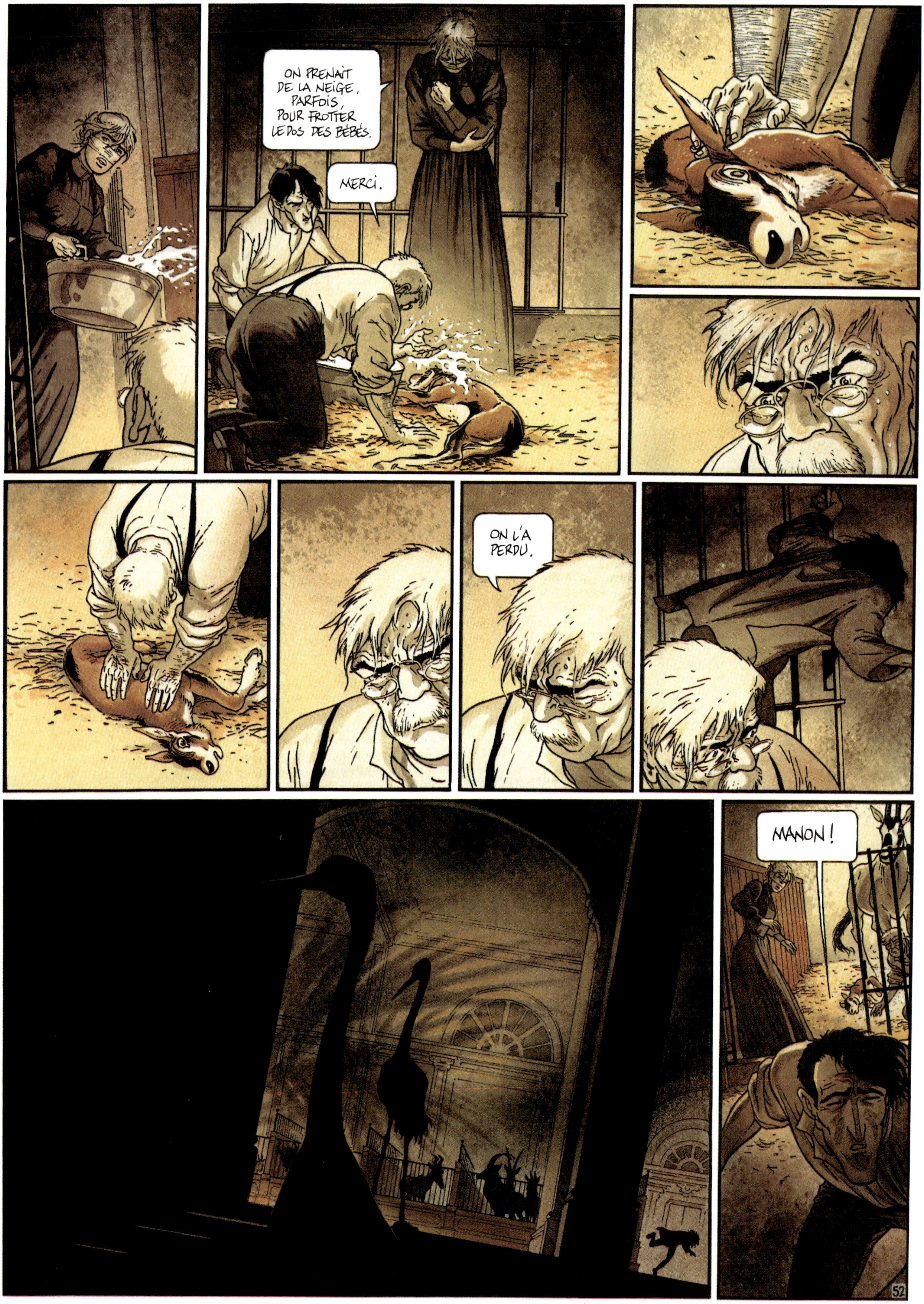

- Mais alors, petit père... la louve blanche, elle n'est pas morte ?

- Et pourquoi mourrait-elle, petit chasseur des steppes ? Pour la folie de quels chiens à collier devrait-elle laisser sa vie lui échapper ?

- Mais son sang qui coulait partout ! Et son museau ? Son museau qui n'est ni son cœur ni ses oreilles ? Ne doit-elle pas mourir pour ça ?

- Mourir pour ça, mon grand petit morceau de moi ? Veux-tu vraiment qu'elle meure pour ça ?

Ivanovitch éclate en sanglots. Son corps tremble comme la dernière feuille d'un arbre qui résiste au vent. Il se resserre encore dans les bras du vieil homme.

... On ne peut rien.

-NON! NON, PETIT PÈRE. JE NE VEUX PAS... LA LOUVE BLANCHE DOIT VIVRE. C'EST AUX CHIENS DE MOURIR!

- ILS SONT DÉJÀ MORTS...

PFFF! DEPUIS QUELQUES JOURS, J'AI L'IMPRESSION QUE NOS EFFORTS SONT... RIDICULES!

NOUS ESSAYONS DE RÉPARER TANT BIEN QUE MAL UN MUR QUI SE LÉZARDE ET PENDANT CE TEMPS...

LA GUERRE! CELA ME FAIT PEUR AUSSI.

OUI... LA GUERRE... JAURÈS APPELLE À LA GRÈVE GÉNÉRALE, MAIS... QUEL ESPOIR? ET NOUS... QUI SOMMES LÀ... QUE VA DEVENIR LE ZOO?

C'EST LONG! BUGGY EST ENFERMÉ DEPUIS CE MATIN ET IL N'A MÊME PAS FINI!

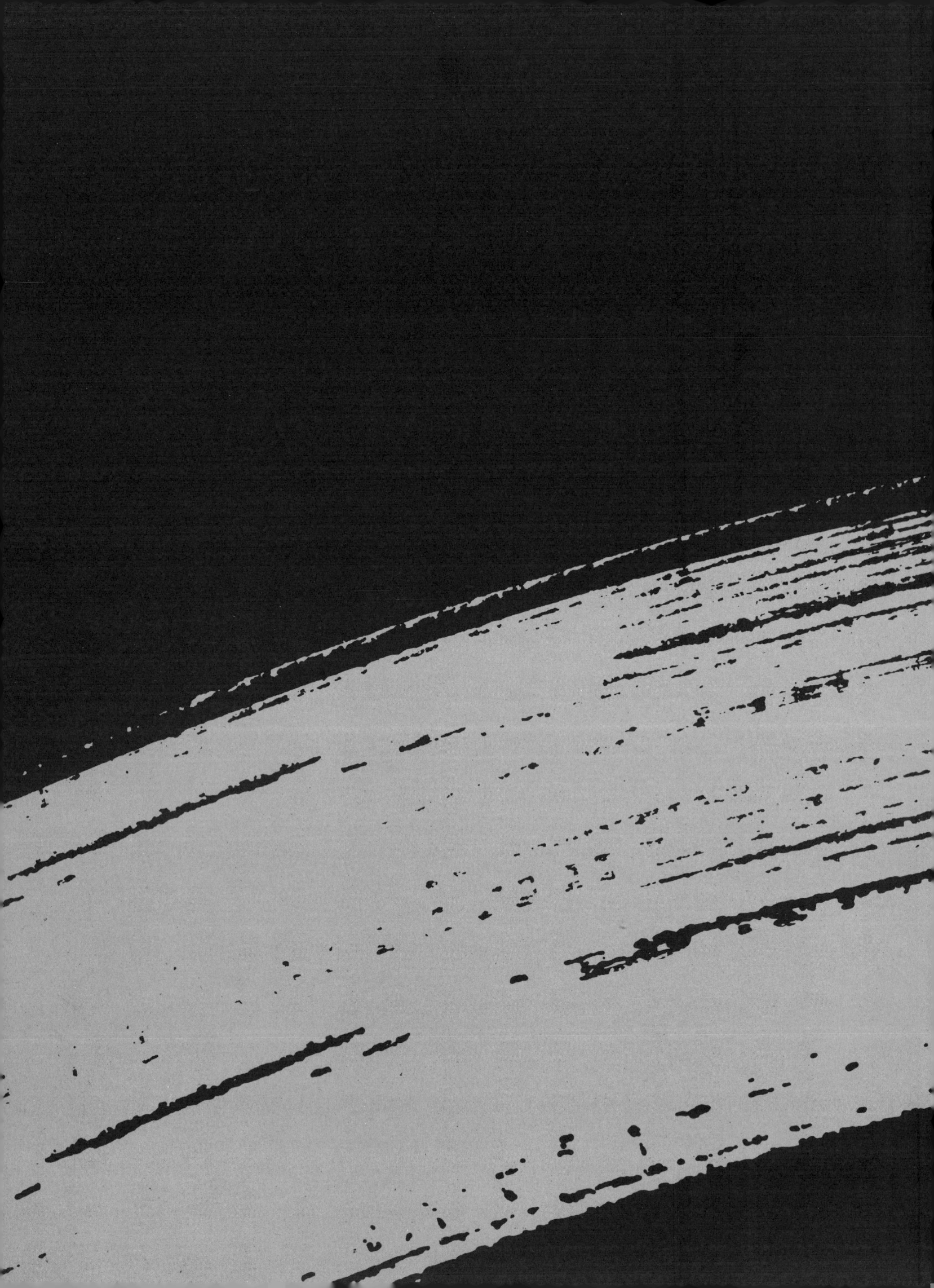